紀念我深愛的姊妹茱莉，她是這個故事的靈感來源，即使她渾然不知——南西

獻給飽受失智症之苦的人們以及愛他們的家人——史蒂芬妮

© 勿忘我

文　　字	南西・范・拉恩
繪　　圖	史蒂芬妮・葛瑞金
譯　　者	吳其鴻
責任編輯	郭心蘭
美術編輯	黃顯喬
發 行 人	劉振強
發 行 所	三民書局股份有限公司
	地址　臺北市復興北路386號
	電話　(02)25006600
	郵撥帳號　0009998-5
門 市 部	（復北店）臺北市復興北路386號
	（重南店）臺北市重慶南路一段61號
出版日期	初版一刷　2019年5月
編　　號	S 858921

行政院新聞局登記證局版臺業字第〇二〇〇號

ISBN　978-957-14-6635-4　(精裝)

http://www.sanmin.com.tw　三民網路書店

※本書如有缺頁、破損或裝訂錯誤，請寄回本公司更換。

Forget Me Not

勿忘我

南西·范·拉恩／文　史蒂芬妮·葛瑞金／圖
吳其鴻／譯

我還記得外婆從前溫柔的模樣，
她總是有自己的一套方法，
完成她常做的所有事情。

那時候，只要我們去探望，

她還會準備我最愛吃的炸雞和餅乾。

那時候，餐桌還是老樣子，

她會在盤子旁邊擺上繡著勿忘我的餐巾。

而且，當我們緊緊依偎的時候，

我還能在她身上聞到肉桂和紫丁香的味道。

但是，這一切開始有了變化，
就像退潮的海水漸漸遠離岸邊，
外婆也變得越來越健忘。
一開始，外婆忘記的是名字，
包括她去過的地方、讀過的書，
或認識的人，甚至是我們。

我們會開玩笑，說外婆老愛把我們的
名字像早餐的炒蛋一樣攪成一團。
而她也會和我們一起開懷大笑。

每當外婆叫我莎莉或哈利，而不是我真正的名字茱莉亞，
我都會假裝這是她愛玩的遊戲。
在她喊錯一個又一個名字之後，我會說：
「不是啦，傻瓜，我的名字是茱莉亞！」
然後她會笑著拍手說：「唉呀，我真傻！
哈囉，像陽光一樣燦爛的茱莉亞！」

不久之後，外婆開始忘記我們一起做過的每一件事。

當我說：「有一次我們去採野莓，我跌進長滿刺的樹叢，弄得全身是傷，妳記得嗎？」或是「有一次我們去動物園，我試著爬過柵欄，想要摸那隻大象的鼻子，妳記得嗎？」

「咦，沒有啊，妳才不會做這種事。」她說。

有一次，外婆去超市，卻想不起來自己把車子停在哪裡。
哈利舅舅去解救她的時候，她說：「其實我一直都知道車子就在那裡，我只是想看看你帥氣的臉嘛！」

在她倒車撞上車庫的門之後，大家就不再讓她開車了。

有一天晚上，外婆邀我們去她家吃飯，卻忘了設定烤箱。
我們本來打算直接吃甜點，但是外婆卻在蘋果派裡加了
一杯鹽，而沒有加糖。最後，我們點了外送。

又過了不久，我在冰箱裡發現外婆的眼鏡，

床頭櫃上還有一瓶酸掉的牛奶。

外婆說不是她做的，但是除了她，還會有誰？

爸爸請了一位親切的女士替外婆煮飯、打掃。

但海斯特太太一進門，外婆就說她是小偷，還拿掃把要趕她走。

所以每到清潔日，我們就開車載著外婆漫無目的四處晃，她也樂在其中。

「有雨水的味道喔，」在晴空萬里的日子裡，外婆有時候會這麼說：
「最好把雨傘拿出來。」接著才過了幾分鐘，她又說：
「有雨水的味道喔，最好把雨傘拿出來。」
外婆的頭腦越來越不清楚了。

有兩次，鄰居打電話給媽媽，
要她去接外婆回家。

她去生鮮超市買東西，卻不記得自己在哪裡。

某個大雪紛飛的早晨，海斯特太太發現外婆在花園裡，
身上只穿著睡衣。她說外婆想從雪堆底下摘一些勿忘我，
但那些花早就枯黃，而且皺巴巴。外婆似乎感覺不到寒冷。

媽媽和我趕到她家的時候，外婆似乎也沒有察覺我們的到來。

我問媽媽：「外婆怎麼了？」
她什麼也沒說，只是搖搖頭。
我又追問：「媽媽，拜託妳告訴我嘛！」
終於，她回答：
「妳知道有些老人有視力或聽力的問題吧？
但有些人是記憶力出了問題，就像外婆。
目前還沒有人知道這種疾病的治療方法。」
媽媽把我拉到她懷中，像往常一樣安慰我。
我抱住她，像是緊緊纏繞的常春藤。

「下次我們再來的時候，」她說：「外婆就不在這裡了，
她會去一個能提供特別照顧的地方，那裡還有其他年紀
和外婆差不多的人。妳會明白的，這樣比較好。」

我覺得一點都不好。我愛外婆家，愛它門廊上的鞦韆椅，
還有即使擺滿易碎物品，她也總是讓我玩耍的客廳。
而我知道她也愛這裡。

不過結果證明，媽媽是對的。

雖然外婆現在幾乎不認得我是誰，

我還是會靠在她身邊，緊緊擁抱她，

幫她整理那一頭像羽絨般柔軟的白頭髮。

我只希望能為外婆喚回任何一點記憶，

讓她的眼睛像蛋糕上的蠟燭一樣閃閃發亮。

我還打算做一件事……

等到勿忘我盛開的時候，我要多摘一些，
鋪在外婆現在的床上，蓋住整條棉被。
當她看到床上開滿了花，也許會一邊笑一邊拍手，就像從前那樣。

這樣的話，我也會覺得開心一點，

就像春天來臨的那一天。